# 露草ハウス

有働薫

思潮社

# 露草ハウス

有働薫

思潮社

弟小林章に

# 目次

*

装画＝正藤晴美

# 露草ハウス

# 日の出月の出

わたしがまだ空を飛んでいたころ
けっこうあなたのほうが常識的で
曙の光をうけて
ドアの取っ手が水色に輝くのを
今日いちにちの祝福だと喜んで
狐のように切れ長の
華やかなまぶたの奥の視線を
じっと輝くものの上に注いでいるのを

いえあれは真鍮の金具に生えた黴よ
こともなげに言うわたしの声が耳に入らないのか
わたしといえばたいてい寝覚めのときの頭脳に浮かぶ想念を
しばらくねばつく口の中で転がし
おっくうがりながらまるめて声に出すのに
あなたはいつも世の中が自分をどう扱うかばかり
痛々しくも気に病んで
だからあなたの首すじの
いまにも折れそうに細いこと
意外に野太い声の持ち主
しかも野生のものには
溶けてしまいそうに優しい声と労りをかける
まるであなたは立ち上がるなりよろけ倒れる
臨終の老人のように
神々しく

そして急がすひとなのだ
わたしは大雪の翌朝
からだに積もった重たい雪を一気に振り落して
しだいに度を増す
晴天の陽射しに
金色に輝く風景を
眉をしかめて眺めつつ

# 猫科の

花火の夜の断崖をよじ登って
尻尾を垂れ
銀杏色の眼で睥睨する
いのちなど何ほどでもない
この火の花の瞬間の華麗のなかで

まぼろしのように
猫がやってくる

声のない猫
触れさせもせず
身じろぎもしない

耳を不揃いに傾ける
子猫だったときのしぐさ
いまは妖しげな筋肉を
柔らかな毛皮の下に
暁闇の枕元で
鳴く

振り向くことはない
ここに居た
あとかたもない

読書しながら
一九八一年版ゴールドベルク変奏曲を聴いている
とつぜん若い男の声が立つ
漱石を読んでいる
眼をあげると
画面は歯磨きのコマーシャル
あわてて〈広告をスキップ〉をクリック
立方三十二方位結晶
モーツァルトによって生き
バッハによって死ぬ
ブラームスによって待つ

猫科の
言葉ではない
音のトーンである

# 食卓

焼いた魚の身のように
薫り高く崩れていく高温の夏
ブルーベリーのケースを冷蔵庫から取り出し
砂糖を振って電子レンジにかける
そのまま新鮮な血が血管から噴き出す
鉄の主婦
テレビの政府答弁

〈お持ち〉と呼ばれる、じゃんけんに負けたふたりの子供が、長い縄の両端をそれぞれ握って、タイミングをあわせて大きく回す。——オオナミコナミ　グルリトマワッテ　ネーコノメ——歌いながら架空の半円の中に子供たちがひとりずつ飛び込み、足元を通過する縄を跳んで円の外にくぐり出る。縄の円弧が再び降りてくる間に、跳んだ子はお持ちの背中をまわって反対側からふたたび飛び込むと、円の中では向き合ってふたりの子が同時に跳び、それぞれ反対の方向に走り出る。縄を跳び損ねた子はお持ちを交代する。順番に入れ替わって飛び込み、最後に跳ぶ子は戻ってきた縄を両足の間に挟んで回転を止める。

黒い小石のようなブルーベリーの粒がケースから
つながって飛び出し
遠い草原の乾いた風を引っぱってくる
ジョルジュ・ムスタキが「異国の人《ル・メテーク》」を歌いはじめると
古代ギリシャの英雄たちが昼寝から起き上がる

ユリシーズが地中海を渡る
夢と欲望がゆっくりと眼を覚ます

# 寝台テーブル

le Lit la Table*

ガラス窓に
小さな黒い蝶が
ふたつ
向き合っている

日が暮れる

パパゲーノの吹く
三角形の笛
緑の草地

簡単な生活
高校を卒業すると
やがて十八歳
早生れの月ずえ

ル・リ・ラ・ターブル
ル・リ・ラ・ターブル

＊ポール・エリュアール『寝台テーブル』根岸良一訳一九五六年国文社刊によって

## 彼女のトランク

電信柱の transformer　の上で
ねぼけまなこの明けガラスが
東の空を向いて鳴く
ああ！　彼女は発つつもりだ！

雨がぽつりと来る

持ち上げられた大きなトランク
電線は　鳥たちのために
トランスフォーマーは　出発する妻たちのために
――青いサイクロンが私のすべてを壊していった
――赤いセダンで彼女は去った

## 月とシャンデリア

秋の夕方の
十日余りの月は
ヴィーナスの爪
空の
無限の果てをゆびさす
人差し指の
白金の焔

あなたと一緒にいたと言ってね
くぐもった声で月がささやく
わたしたち少し風邪気味なの

# 誰かが階段を降りてくる

わたしはモラルのチョッキをいつも着ているんだそれがわたしを守ってくれた――フィデル・カストロ、
あなたはいつも防弾チョッキを着ているそうですがと質問した記者に胸のボタンをはずして

階段を降りる音
そして向こうから誰かが歩いてくる
ジャンパーのフードをかぶった
顔が仮面のように真っ白

こんな半月のくぐもる夜は
向き合ったベンチに
人影はない
夜はこれから
奥へ奥へとひらけていく

とても親しい気持で
ここに在ると
自分の永遠の居場所だと
思い込んでいた
ここから
立ち上がる

詩を書き始めた若いときほど現実に対峙せずにすむようになった今は、詩との向き合い方も穏やかになってきたと思う。言葉と音楽の結びつきに魅せられてきたが、いまは意味を含む音楽は重い。詩の言葉も意味をなるべく捨てたものが好ましく、限りなく音楽に近付いてほしい。とはいえ意味を持たない言葉はない。音楽が人間の感情に結びついているというのは一面であって、音楽は感情よりずっと規模が大きく、音楽は言葉を超えて存在する。マラルメはそう思っていた。人は完成して死なない、途中で命が尽きるものだ。音楽はそのことを忘れさせてくれる。言葉もそういうふうでありたい。

# 梅雨明け

大石裕之氏に

青い蜥蜴が道端の草むらに走り込む
長い尻尾を一瞬鉄色にきらめかせて
街路樹のサルスベリがもう茜色に花ざかり

北の丸公園の初夏は
繁る藪草の青臭い匂いにむせ返る
遊歩道に張り出したこずえから
呼び声がする

繁みの奥では
黄緑の芝生が輝いている
寝そべっているまばらな人影を包んで

私は足元に黒々とした大きな羽をみつける
家に持ち帰って羽元を削り
久しぶりに青インクで言葉を書こうか
歩道にかがんで不吉なペンのような漆黒の羽を拾う

パラス・アテーナーの結い上げた髪をしぶとい両足で掴み
「おまえなんか！」見上げる私を
拾った羽よりもっと強い暑熱の視線で睨みつけながら
出がけには細い蜥蜴が背を煌かせて草むらに隠れた

夜の門灯のように　かすかな希望のように
この公園では梅雨明けの薄日の下で
嘴太鴉たちが森を支配する

なおも歩き続けると
また一枚
もっと長くもっと黒い羽を靴先に見つける

そして散歩のあいだじゅう
幾枚もの羽を行く先々に拾い続けた私は
自分がどこかに導かれている気がして身震いし
この見えない力をはやく脱したいと思う

サルスベリの夕陽の傘の下まで

# その人の不幸が良く見えない場合に

一日に二箱　四十本は吸うよ
応接間からうながされて隣りの小部屋に入るとまず目に入った
机の上に積み上げられた濃紺のピースの箱の山
これ一週間分　一日二箱必要なんだよ
タバコは有害ですなどという禁句をまったく気にかけないご様子
絨毯の上に杖を突き
薄く曇りの入った眼鏡の痩身の老人
余分な枝葉の一つもないほっそりした樹木のような

紺とグレーのとけあう色合いの上品なシャツと上等なベスト
黒く光ったグランドピアノを背に
ぼくは立つのが大変でね

ぼくは九十歳ですよ
鼻梁の端正な線
ひとより先に立たない
ひとを利用することがない
だから人がたくさんたずねてくる
世の中は優れた芸術に対してというより
その人の不幸に対して支払うということがある
赤貧のうちに生涯を閉じる詩人は多い
その人の不幸が良く見えない場合に
酒豪の彼が酒に飢えて
みやげのスコッチを引っ摑むようにして

瓶からまるごと即座に喉に流し込んだことがあった
あのように飢えて
死後　下の世代から〈神様のように〉と言われる

人の生は何の意味もない
目的もない
ただその中で生きていく
それが生だ
やらなければならない仕事というものはない
しかしいまやらなければならないことをする
そうして生きていく

ぼくは勤めというものをしたことがない
ぼくの考えには野放図なところが多少あるのかもしれない
フランスの中央部をリヨンまでワインを訪ね歩いた

また別のときには大西洋側から入って南へワインを訪ね歩いた
ボルドーなどから
スコッチではイングランドの北部をずっと旅した

まるでおままごとの夫婦のように奥様に呼びかけられる
十一人兄弟の末っ子で
男の子が生れてご両親は大喜びだった
お母様が可愛くて可愛くて
ここへみえるともう世話を焼かれる

じゅうぶんに愛された人の
十全な人格
すくっと立つ
抜群の記憶力
生来の優れた資質の数々

いつも穏やかでほとんど激することがない
ごくたまに自分に向けられた理不尽に対して鋭く反応する

いま風見蝶を書こうと思っている
風見鶏ではなくて
蝶でね

油絵は
体力と時間が要る
十五分作品を描くと筆の手入れに三時間かかる

夕方七時過ぎに辞すると
私はもう今はない自分の父母の天沼の家が
初めて懐かしく思い返された

さいごにいくつかの歌を歌われた
歌ってもいい？　と前置きして
「戦友」三十番まであるんだよ　それを三番まで
「夕焼け小焼け」　ふくよかなバリトンで

# 養鶏場

養鶏場の隣りのアパートに連れて行った

ひとはまいにち前日をやりなおす
雑草の名前をつけてくれたひと
こッこッこッ
騒がしく
金網に閉じ込められたニワトリたちが

わたしはスーツにハイヒールを履いていた
生きることはすこしもいやではなかった
ただどうしてもうまくいかなかった

愛情をもって接してくれていると
わかっているだけになおさら

〈わらっちゃう〉ようなどす赤い感情を
からだのなかに押しつぶして

あれは何だったのだろう

言葉ではとどかない
川へ食用のニワトリたちが

こっつこっつなきながら一羽ずつ
溺れていく

# 十二の小さなプレリュード*

1

レストランの旗が千切れて風に煽られている
それを眺めながらもう二十五分もバスを待っている
荷物をどけろと初老の女がせまってくる
後ろに回って通ればいいでしょうとわたしは言い返す
すると私のバッグを足でけとばして
女は行き先違いのバスに乗り込む
意味のわからない捨て台詞を投げつけて

バスがなかなか発車しないので
ふたたび顔が合うかと顔がひきつる

2

マラルメによれば
〈言葉のある種の組合せは
意味以上の力を担うことができ
事物の精霊を呼び覚ます呪文《シャルム》となり得る〉
〈一輪の花　とわたしが言うと
実際の花とはちがう
不在の花が音楽としてあらわれる〉

3

夏が傾き
あえいでいた雑草たちがようやく生気をとりもどす

はびこった草の軸に蕾がつき
ひときわ冷え込んだ夜明け
石のように光る青い花が
道端に散らばっている
爽気が
吹きすぎる
露草

4
出発したら
引き返すことも立ち止まることもない
歩くために重すぎるものは捨てる

5
駅前の〈すき家〉で食べ終えた

少年　うちに帰ったらぐだるな
少年　そう五時までぐだる

6

クライオニクス
ロシア　モスクワ　ほかの都市でも
死の夢
わたしは言語労働者だけれど
くたびれた脳を外して
ちょっと冷凍保存されたい

7

ひばりは草地を飛び立って百メートル
一秒間に五回羽を動かしてホバリングしながら
囀るのをやめない

抜群の視力で地上の出来事をくまなく観察する
冠羽をアンテナのように逆立てて
勇ましく嘴をとんがらせて
春の浮雲はひばりがすきだ
短い草たちも
ひばりを心から愛している

8

ひとりの若い女性がある日
何気ない様子で当然のように
目の前に現れる
まるでもう以前から決っていたかのように
家族ではあまり話さないと告げ
きゃしゃでシンプルなワンピースで

お荷物が多いですねとわたしに言う
絵空事で描いた頭の中の
少女とだんだん重なっていく
詩人の見たApparition
はこれ？

9

折ること貼ること
郵便で届いた茶封筒のはしを鋏で切ると
やや黄ばんだA４のコピー用紙を二つ折りにしたあいだに挟まれて
薄い詩集が出てきた
関西地方の都市の名前が書いてあって
折ればじゅうぶん
幸せな気分

10

大きな樫の執務デスクの
モンテヴィデオ銀行の頭取シュペルヴィエルには
聞こえる
太陽が雪にささやく声が
雲のように苦しまずに死ねるよと
厚い窓ガラスの向こうでは
雪の朝の強い陽射しが
街路樹の木々を照らしている
ハ短調の曲がすき

11

もんしろちょうが飛び立つ
白い閃光
駅のフェンスの脇の

草むら
荒地野菊の
花冠から

葉
晴れやかに
くるくると揺れる
銀の
裏とおもてに
ひるがえる

12
地球はアダム
月はイヴ
照らされて

アダムの影が
歩く

水と大気を
着る

＊D'après "Tatiana Nikolayeva plays Bach Twelve Littre Preludes" YouTube 16: 28

# 久地円筒分水

まだ桜は咲いていない
それがひとつの救いのようだ

大河の水を——にかりょうようすいの水を分けて
円周に沿い
下流のわれらは
蝟集する日々にめまいする

詩は喉下に井戸を掘って水に行きつくため

わたしはあの川岸の木の陰に
たたずむ弟を迎えに行こう

はたち前に
息子の顔して
どこにも行けないで

長いこと待たせて
つぶやくと
影は薄れ
（まぼろしとなり）

われら大河のほとりに蝟集し

シューマンをラインへ
ツェランをセーヌへ
見捨てる

# 金木犀

木が　老いてくると
小鳥たちが　集まってきて
繁り盛り上った真暗な葉群れの中で
ごそごそと　騒いでいる
たぶん卵だって　抱いているのだろう

オリーブの木が　年老いて
干乾びきった　枝を
たくさんの小鳥が　行ったり来たりするのを

歌った　ギリシャの詩人がいた
その詩を訳した詩人も　亡くなって久しい

木が年老いてくると
嫉妬深い　人間が
根元に　斧を入れる日を
もうそろそろと　勘定する
舌なめずりなんかして

まさか！
木の立っていた辺りが
みょうに明るくなって
しんとしている
秋の
真昼

# オルガンと細い草

菜の花が咲き始めた
草葉の陰の草雲雀
湧き立つ雲の影　揚げ雲雀

菜の花すかんぽおおいぬふぐり
菫タンポポ蓮華草
オオバコカタバミクローバー
からすのえんどうぺんぺん草

ユッカ蘭まんじゅしゃげ
はしぶとがらすはしぼそがらす
ヒメアカタテハ

朱色は希望
白い花は記憶
街は地平線の奥まで続く

オルガン曲は十一曲うち短調は三曲
F-Minor 二曲　C-Minor 一曲
「時計のためのオルガン曲」と作者自身が呼んだへ短調 K608 は
いま鳴いたカラス
ナイフのように細い草

オルガン曲はごく初期と最晩年に集中している

子供が笛で遊んでいるような

子猫が毬にじゃれるようで
すこしも宗教的でない

最晩年は悲鳴のように
ヴィルジニーア・ガリレオ
ジャックリーヌ・パスカル

ここでは水と空気がひっきりなしにいのちを生み出す
十一のオルガン曲も告天子になって綿雲の中に見えなくなる

# 滅亡

透明なベッドの上で
蝶は交尾する
厳粛な
滅亡に向かうために

庭先であじさいが
真っ赤に燃え上がり
なでしこ娘が無垢な笑顔をほころばせるとき
小さな黒いふたつの蝶は
ふたつの喪章のように番う

垂直の硬いベッドの上で

どの植木鉢をずらしてみても
団子虫さえ這わない
静まりかえった真昼間
無音の川を流れていく
四つ葉のクローバーの対角線の記憶

織い翅を
たたまずにそのまま
青く晴れた翌朝
窓ガラスは空白だった
ひとり
草藪に緑の火葬窯を
探して　ひとり

# 匂いおこせよ

血を吐いて
渉って行った
兄
兄たち

強い
記憶さえ
追いつかない

宇宙の仮象
物凄い数の
岩石が
浮かび旋回する
果て知れぬ
無限坩堝

花盛りの
枝先が微かに揺れる
細い雪粒に
まとわりつかれて

季節を
潜りぬけ

涉る

ここから
あそこへ

# 丘のシルウェット

西の窓から夕方の丘を望む。

丘の稜線に灰色の針金のような人が立って、こちらに向かってしきりに何かを叫んでいる。

あのひとは知らない人だ。

いや、あれはたしかあの人。あの人にまつわる歌を子どものころに聴いた。ほかの歌とは何か違う気がしたが気のせいだったかもしれない。野原のけしきと月の光、何よりもうらやましい三番の歌詞。

敗戦後の長い欠乏の時間の折りふしにその歌が耳元で鳴った。父母に護られた子がそれ以上何を望んでいたのだろう。

ひねくれた幼い心はどこから来て、なぜ薄闇の底にしっかりと住み着いてしまったのだろう。

クローバーの匂いとともに記憶の人びとがよみがえる。家族の、先生の、友だちの、さらには少女期の手ひどい仕打ちを微笑をもって受け止めてくれた数々のおおらかな心遣いの。いまこそ日ごと夜ごと親しい視線をかわすまたとない機会なのだ。

丘の稜線から呼びかけてくるあのいくえにも重なる影の背の低いひとを知っている。

# 父への手紙

あなたは植物、わたしは動物。もし生き物にランキングを付けるとしたら、あなたは上、わたしは下。なぜなら、あなたがわたしを養っているから。父が上、娘が下、植物界でも動物界でも養うものが養われるものより上。

鳩が片羽を広げて人通りの多い駅の広場のアスファルトの上にうずくまっている。死んでしまうのだろうか。ラジオの夏休み子供電話相談に、街には鳩が沢山住んでいるのに死骸がひとつも見つからないのはなぜですか、と質問する小学生がいて、学者の先生の答えはどうだったか。

見ることに耐える。知ることに怖気づかない。生き物はじぶんの死より仲間の死のほうがきっとはるかに耐え難いにちがいない。

死は生の目的だと、昔ドイツの作曲家が死に赴く父に手紙を書いた。この残酷な手紙のわずか四年あまりで彼も父の後を追った。生と死はシーソーの両端に乗って、植物と動物のように互いの瞳を見つめ合う。

父よあなたはわたしの眼の底にいやおうもなく映り込んでいます。

# 伐採

「もしぼくがスズメだったら、空き家とかに巣を作ると思います」とラジオの夏休み
電話相談で小学生が話しています
将来、まんいち緑が無くなったときに、ぼくは生きていけるのでしょうか
草や木が一本も生えなくなったら、ぼくはいくら雀でも生きていけないと思います
〈木の無い葉っぱ〉――ツェランの詩のフレーズですが、このフレーズにぶつかった

とき、身震いがしました

わたしたちは木の枝に付いている葉っぱです

辻征夫さんが子どものころ、お父さんの赴任地の三宅島で
官舎の近くの神社のタブの木の洞から梟の赤んぼをたらいに入れて家に連れ帰った夜
羽を広げると一メートルはある親鳥が
辻さんちの家の中まで子どもを取り返しに来た話
弟さんの憲さんによれば、怖くなって
翌朝洞に戻したのだそうです

スズメもわたしたちも夕方今夜のために選んだ枝の多い木の中で
しばらく騒いだのちそこで眠ります

# カッサツィオーネ*

十一の野外用組曲

## 第一曲

色とりどりのおもちゃのような屋根
両手の人差し指と親指の
つま先を合わせてつくる三角形
の中の丘の稜線を
針金の人が歩いて行く
遠い森の中に大きなガラスの温室がある
白いカラスが飼われている

## 第二曲

濡れて乾いて
わたしたちは植物になろう
脳髄の奥から自意識と言葉を削除して
開き満ちるアイリスの群落になる
いのちを燃やして
干上がっていく大地と運命を共にする

## 第三曲

ゴールデンサマー
ボーンチャイナのカップに
朝の三角形のティーバッグを浸す
水中花ふうにゆっくりと
芳香が開き満ちる
やや憂い気に神のいない教会

影が映らない食卓
花の終った梅の木で雀たちが騒ぐ
大雨になりそうだ

## 第四曲

D-DAY の七十五周年記念式典が
ノルマンディの海岸で挙行され
九十五歳の退役軍人が語る
誰も戦いたくはなかった
私たちは英雄ではない
一九四四年六月六日この海岸から
戻ってこなかった人たちこそ英雄だ
私たちもやがて別の世界に移って
けっして年を取らない彼らと再会し
あの日のことを語り合うだろう

第五曲

友人の絵の展覧会は来週
豹の胴体が真っ二つに胴切りにされ
揺れるしっぽを生臭い顎が追跡する
二匹いるのね
いいえ一周して一匹です
ミノタウロスの長柄の斧がぎらっと光る
日傘の陰から窺う老婆
獲物の数は何匹か
窓から流れ込む緑に豹たちははね飛ばされ
メールストロームの渦に呑み込まれていく

第六曲

センノキの根元に大雨を避けて
夕方のバスを待っている

バス停の勤め帰りの列の最後尾
黄色いタイムテーブルの青い罫線の上に並ぶ数字
センノキの葉群れを透かして
駅前商店街の看板に夕陽が火を付ける
銀のサンダルで踊る

**第七曲**

ある夜夢の中で
天安門広場に幾何学的に
街路樹が植栽され
根元に緑色のベンチが置かれていた
抱き合う恋人たち
以前北京を旅行したとき天安門広場で
街灯の柱の糸のような影に
雀になって私たちは並んだ

五月の陽射しは金槌で殴られたように痛かった

第八曲

電信柱の上のあの筒
柱上変圧器の蓋を開けてみたことがありますか
電圧を下げる機器と
電気を通さない青い油が美しく入っていて
あのトランスフォーマーは三十年使えます
明け方　蓋の上に止まったカラスが
行かないでと鳴いています

第九曲

天の川銀河の
ブラックホールを取り囲んで
冷たいガスが

円盤状に回っている
ブラックホールが
氷のガスを呑み込んでいるのを
チリの砂漠の宇宙望遠鏡がとらえた
ブラックホールの中は見えない

**第十曲**
青い風が窓に揺れ
K576　最後のソナタ
そこから大砂走りの下山に入る
足を取られ膝が笑う
日本やカナダのプラスティックごみを積んだ大型コンテナ船が
クアラルンプールの港を出る
永い復路である
ヨーロッパ文明の山頂に吹く風

金木犀がつかのまの緑を盛り上げる

第十一終曲

カッサンドラー　トロイ戦争の敗戦国の王女
アテネ像にしがみついたまま戦勝国の男に強姦された
ヒロシマの銀行の石段に
若いからだを焼き付けられ
彼女の予見の才能がランボーの千里眼を走る
アポロンに愛される美貌と　炎と競う聡明
母は「いくえにも」とくりかえし言ったのだったが
狼少女の緑に燃える眼で
バス停の向かいの大谷石の塀の上に
泰山木の純白の花が柑橘系の芳香を発散するのを見つめている

＊モーツァルトら十八世紀の音楽家たちが盛んに用いた音楽形式で、野外の集りで演奏された。ゲンナジイ・アイギ／たなかあきみつ訳『アイギ詩集』一〇六頁による

# 薬科大学キャンパス周辺

丘陵地の山林の斜面を五十坪ほどの平らな区画に切った小住宅用宅地が売りに出されたのは五十年ほど前のこと。その一区画を買い家を建てるためにローンを組んだ。
今はバス通りに変った谷をはさんで西側の丘のつらなりに私立の薬科大学が移転してきて二十年、整備の整ったキャンパスが生れ、丘の尾根を通学する生徒たちの灰色の細い影がとぎれとぎれに動くのが眺められる。

〈でも今は

丘の上から
ゆっくりゆっくり
落ちて行く〉

薬用植物園
第一栽培試験圃場
マムシ注意
ここであそんではいけません
防犯カメラ作動中
バス停の時刻表のまばらな数字

小さな積み木にそっくりな家々（わが家もそのひとつ）でぎっしり埋まった風景にキャンパスの緑がわりこんで、銀杏の木が黄金太陽光線を放散し、メタセコイアが炎の三角形を描く。フェンスの際のクヌギの根元に散乱する発芽錠剤。

太陽が燃えながら落ちて行く丘の
シルウェット
あの向こう側には別の世界があるだろうか

〈アトカラデイイヨ〉

人生のとば口に自分の境遇にのぼせ上がって（かわいらしいことだが）
おもわず鬼門をくぐってしまうことがある
すると人生は逆方向に走り出す

私は遠慮が足りなかった

あそこまで行けば別の世界があるというのは
危なっかしい考えです

日暮れに空が真っ赤に燃え上がる
あの夕焼けを見ないですむなら

小さな愛しい家で夕焼けを眺めて暮らす
ひともうらやむ運の良さを
幸福と呼んではいけないでしょうか

キャンパスの正門わきでメタセコイアが
三角形の真っ赤な炎を
めらめらと燃え上がらせているから

# 露草ハウス

赤まんま（「麗子五歳之像」の指先に）
水引、どくだみ、いわし雲
酷暑の名残り

菫、露草、山ごぼう
敗戦の翌春　肺炎を起こして
日系二世K氏の舟形軍帽
浅黒の細おもての真白な歯並び

パジャマのまま玄関に出て

ふたたび菫、露草、山ごぼう
〈月は窓から銀のひかりを〉　ソットヴォーチェで

母の死の日　東の空に虹がかかった
不意に枯れた楓の若木

あかざ、ひるがお、かきどおし、かたばみ、おおばこ
藜、　旋花、　垣通し、　酢漿、　車前草

記憶はやがて物語に変る
囀りながら天頂へかけのぼる
ウォルフガングス　走る狼

疲れた足でたどりつく
穏やかな休息への軽い杖が欲しくて

月草　蛍草

夕闇のドアを押す
露草ハウス

赤まんま　水引　蚊帳吊り草　猫じゃらし
灰色の小さな蝶が乱れ舞う露草の薮

# 黄緑に光る

多田道太郎先生に

丘の尾根に電柱が一本
昼間は幾すじか電線がぼんやり揺れています

夜
黒い影になった電柱の中ほどに
黄緑色に一個電灯が点りました

お心にようやく
近づいてまいります

もう昔の話ですが受験生の弟が
大学紛争の翌年二月半ばに死んで
〈そうだな　朝起きれたら行こう〉
あかつきやみに
不意に話しかけさせていただいて
大熊町の梨の木　すべて切られて
ようやくわたしといえば
黄緑に光るまんまるな梨の実を
わが人生から
捥ぎり取ります

# 初出一覧

日の出月の出　「ユルトラ・バルズ」二十六号　二〇一六年五月
猫科の　「ユルトラ・バルズ」二十七号　二〇一六年十二月
食卓　「ユルトラ・バルズ」二十五号　二〇一五年十一月
寝台テーブル　「みらいらん」一号　二〇一八年一月
梅雨明け　「未定」二十一号　二〇一六年十月
その人の不幸が良く見えない場合に　「未定」二十二号　二〇一七年十月
養鶏場　「ユルトラ・バルズ」二十九号　二〇一八年二月
十一の小さなプレリュード　「カルテット」四号　二〇一七年十一月
久地円筒分水　「ユルトラ・バルズ」三十号　二〇一八年九月
金木犀　「未定」二十三号　二〇一八年十月

＊

オルガンと細い草　「Donc」一号　二〇一八年八月
滅亡　「ユルトラ・バルズ」三十一号　二〇一九年四月
匂いおこせよ　「ユルトラ・バルズ」三十一号　二〇一九年四月
丘のシルウェット　「ユルトラ・バルズ」三十二号　二〇一九年十月
父への手紙　「ユルトラ・バルズ」三十二号　二〇一九年十月
伐採　「ル・ピュール」二十九号　二〇一九年十月
カッサツィオーネ　Quattro　朗読会「韻律磁場へ！」第二回　二〇一九年六月
薬科大学キャンパス周辺　「Donc」三号　二〇二〇年二月
露草ハウス　「ユルトラ・バルズ」三十三号　二〇二〇年四月
黄緑に光る　「ル・ピュール」三十号　二〇二〇年四月

有働薫　うどう・かおる

詩集
『冬の集積』一九八七年・詩学社
『ウラン体操』一九九四年・ふらんす堂（新しく夢みる詩人叢書1）
『雪柳さん』二〇〇〇年・ふらんす堂
『スーリヤ』二〇〇二年・思潮社
『ジャンヌの涙』二〇〇五年・水仁舎
『幻影の足』二〇一〇年・思潮社（第二十八回現代詩花椿賞）
『モーツァルトになっちゃった』二〇一四年・思潮社

露草《つゆくさ》ハウス

著者
有働《うどう》　薫《かおる》
発行者
小田久郎
発行所
株式会社　思潮社
〒一六二―〇八四二　東京都新宿区市谷砂土原町三―十五
電話〇三（三二六七）八一五三（営業）・八一四一（編集）
FAX〇三（三二六七）八一四二
印刷・製本
創栄図書印刷株式会社
発行日
二〇二〇年八月八日